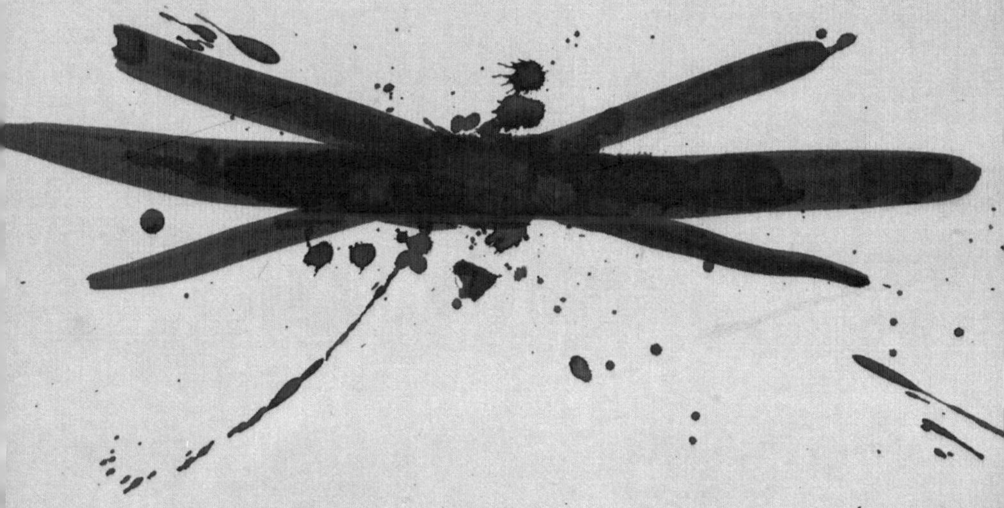

Kotter Editorial
2021

coordenação editorial
Sálvio Nienkötter

editor executivo
Francieli Cunico

desenho
Yuri Campagnaro

capa | projeto gráfico
Paula Villa Nova

produção
Cristiane Nienkötter

Revisão
Daniel Osiecki

Dados Internacionais de Catalogação na Publicação (CIP)
Angélica Llacqua CRB-8/7057

Marcelino, Fernando
93 Haikais | Fernando Marcelino
Curitiba: Kotter Editorial, 2021.
128 p.

ISBN 978-65-89624-83-7

1. Poesia brasileira I. Título "93 Haikais"

CDD 869.1
21-3667

Kotter Editorial
Rua das Cerejeiras, 194
82700-510 | Curitiba/PR
+55 41 3585-5161
www.kotter.com.br | contato@kotter.com.br

1ª edição
2021

ÍNDICE

ALERTA

Construindo memórias e emoções
pelo verso chego mais perto
de expressar o que pulsa,
me navego sem saber como ir
só com ponto de chegada,
tipo aquela estrada esburacada
que ameaça toda viagem.
No caminho, escrevi esses
pequenos pergaminhos,
deixo fluir a escrita como um rio
que vive além do tempo
na métrica haikai
com estética sutil,
condensadores
de ideias e do futuro.

HAIKAI

Um universo
em três versos, parece
tão impossível.

SER

Meu caminho
passa pelo destino
que não escolhi.

SANGUE

Herdei vontades
de deixar sinais que aqui
passei finito.

COMO SOU

Contraditório,
vivente que abraça
realidades.

MANHÃ

Toda manhã me
nascem versos sem jeito
como despertar.

PARADOXO

Medir encantos
me torna uma pessoa
intransponível.

LISPECTOR

Como Clarice,
tomo conta do mundo
imensamente.

MÍNIMO

Poema mínimo,
saltimbanco passando
como cigano.

ABSTRAÇÃO

Tantos tempos ao
mesmo tempo, complexo
viver presente.

MORTE

Tenho sede de
planos, quem não foge
da morte hoje.

ETERNIDADE

Quem viver sem ser
abatido, sem ceder,
vive eterno.

INSÔNIA

Perigo: dormir
perdeu sentido, só com
valeriana.

TRISTEZA

Neste ano não
tem carnaval, saudade
do povo coral.

COTIDIANO

Somando tudo, vivo
nu no mundo
puro cotidiano.

QUIETUDE DE DOMINGO

Silêncio quando
grita, ilumina a
inexatidão.

MINIMALISMO

Ser sintético
pode ser complexo se
tudo desejar.

NANO HAIKAI

Voz
pra vazar
Sentimentos.

PAI

Meu pai professor
me ensinou a valorizar
diversos certos.

AVÔ

Faria qualquer
coisa pra falar uma vez mais
com meu avô.

DEUS

Deus é força
e bondade, como todos
os liquidados.

PRESCRIÇÃO

Em movimento
vivemos a viagem
profundamente.

LIÇÃO

Aprenda tudo
para assumir o poder,
em todo lugar.

DIZERES

Nada que digo

pode ser traduzido.

Só seu sentido.

PALAVRAS

Faltam palavras,

gestos, toques, expressão.

Ficam sementes.

VIDA ESCONDIDA

No meio do caminho
nasce um ninho
de passarinhos.

SOM

Escutei o sol
entre cigarras
desafinadas.

CANTORIA

Suco de mamão
enquanto galos cantam
em dissonância.

PÁSSARO

Eu não sei voar,
mas voei quando
avistei alto-mar.

QUESTÃO

Vive-se ou não,
sem meio termo
nem indecisão.

ME DIGA

Adianta ser
bom sem força de impor
toda bondade?

PONTILHISTA VIAJANTE

Todos os traços
monocromáticos me
tocam n'alma.

MOTIM

Sou encharcado
de vidas perdidas e
amotinadas.

KOI NO YOKAN

Me amanheço
no teu olhar, devagar
dentro transborda.

TOQUE

Quando se ama
humanidade n'outro,
tudo pode ser.

HAIKAIZIM

Bergamota é
o cheiro do cangote
de quem mais amo.

ANZOL

Teus lábios são
rubi arrebol luz do sol.
Tua boca, meu anzol.

CONVITE

Vamos caminhar,
pulsar eternidade
em cada passo.

ILHA DO MEL

Amor na gruta
dias de Encantadas,
Farol e Brasília.

BEIJO

Sinto o jambu
no teu lábio todo
embaraçado.

DELÍRIO

Teu pescoço me
tira o sono, seduz
vaidoso como mel.

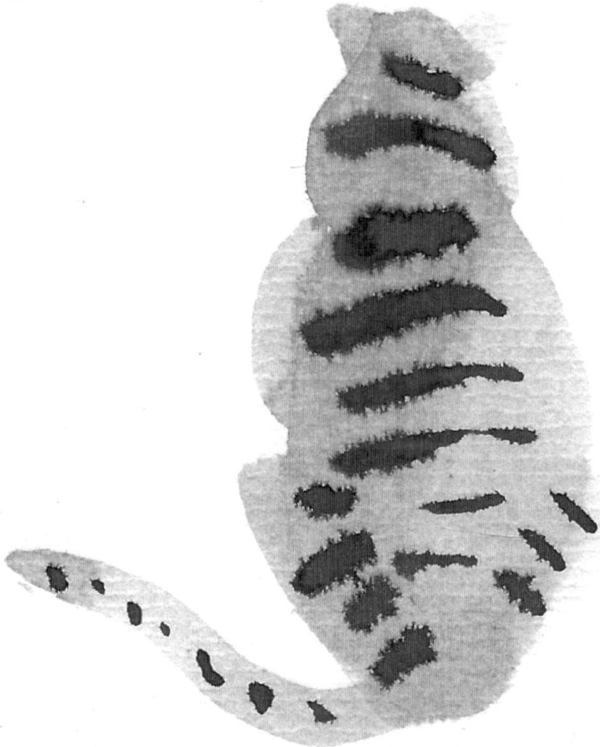

SAPIÊNCIA

Tantas palavras
só para traduzir, tudo
que teu dizer me faz.

DESEJO

Olhos de gato
felinizam o inverno
do meu coração.

ATENTO

Aquele que amo
disse que precisa de
mim, então me cuido.

DIGA

Teu riso rima
sol e pele, diverte
quando se juntam.

SUSPIRO

Se me perguntar
porque orbito por
teu turno, não sei.

SONHO

Acordado eu
sonhei com tuas flores
iluminadas.

INTERMITENTE

Sinto de perto
que teu peito pulsa
intermitente.

SAUDADE

Quando te ver vou
beber os infinitos
do teu íntimo.

CLEÓPATRA

Tom já fez canção
com teu nome, mas você
é muito melhor.

FADO

Toda poesia
é pra tirar do peito
querer teu cheiro.

MARCIANA

Direta reta
não suporta o tempo,
nem se entrega.

QUEVEDO

Inteligência,
pinta no pescoço,
beleza fatal.

ENCONTRO

Dizer pra tocar,
olhar pra sentir, ligar
pra encontrar.

PAZELLO

Dois shawarmas
salvam a trajetória
da madrugada.

PRAÇA

Quando o verão
terminar, cerejeiras
rosas vão ficar.

HARMONIA

Final da tarde,
quindim, paçoca, café:
autocafuné.

ALMA

O cheiro do mar
traz devagar a cura
que pede alma.

PAUSA

Doce de leite
atiça os sentidos
num dia ruim.

POR AÍ

As borboletas
fingem que tudo pesa
ao flutuarem.

HIBERNAR

Quem sabe vamos
sonambular gemidos
fim de semana.

LIQUIDEZ

Intensamente
ama, rapidamente
também enjoa.

CUIDADO

Juras de amor
de sonho e vento
se perdem no ar.

CALMA

Te dou meu corpo
pra tatuar desejos
indescritíveis.

ABERTO

Me dou como nu
caderno pra tu
tudo gravurar.

FELINA

Onça-pintada,
sinto teu andar esguio
de madrugada.

DEUSA DA GUERRA

Foi contigo que
descobri o tempo e
toda verdade.

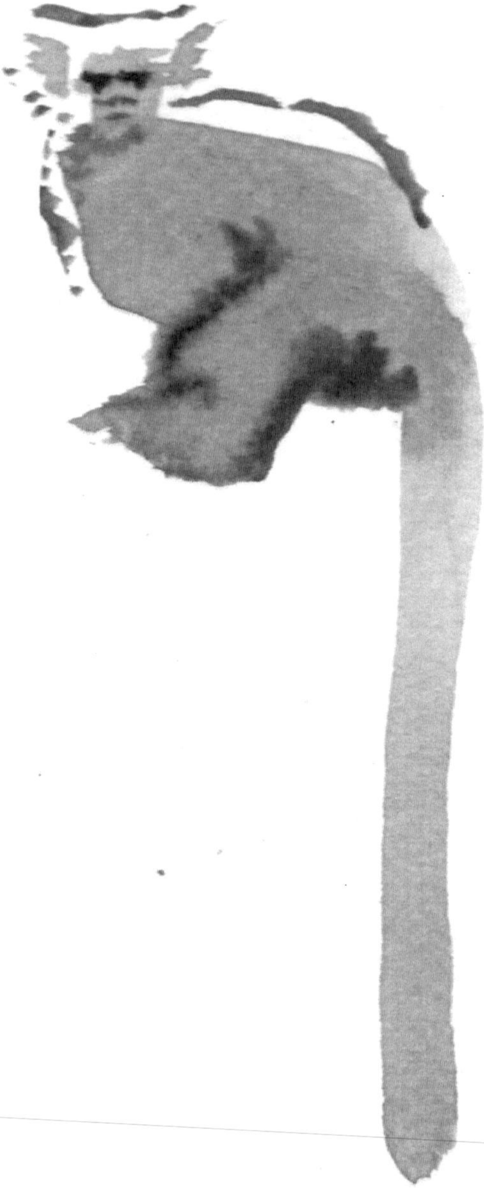

CONVIVÊNCIA

Verdade mesmo
é o tempo, duração
solidifica.

PLANOS

Tantos projetos
que o tempo vence,
doces intenções.

SEGREDO

Qual o segredo?
Espontaneidade,
mas às vezes não.

UNIDADE

Quero união,
mas parece difícil,
dificílimo.

PRESSÁGIO

Enamorar-se:
cheiro de terra no sol
depois que chove.

QUE FAZER?

Luta de classes:
contradições sangrentas
criam futuros.

RISO PERVERSO

O carrasco ri,
tortura tudo que vê:
cidadão de bem.

VERMES

Planalto Central:
caos, ódio, insanidade
corja no poder.

2018

No túmulo de
milhares jaz o voto:
Dezessete.

BOZO

Digno de nota
a incompetência
de Bolsonaro.

NO JORNAL

Tomo um suco
enquanto Elon Musk
faz planos sujos.

VAZIO PÓS-MODERNO

Política sem
inimigo, política
de umbigo.

ORAÇÃO

Acorda Brasil!
Renasce esperança
todas as manhãs.

DIZIA GETÚLIO

Quem está longe
do povo, está contra
o povo, sábio.

OCUPAÇÃO

Urbaniza-se
massas em movimento
em área vazia.

DESTRUIÇÃO CRIATIVA

Privatizar o
ar é o que falta pra
nos tirar de vez.

CAPITALISMO

Aqui e ali
transbordam as massas
com quase nada.

IRRACIONAL

Noite. AI-5.
Dignidade virou
só perseguição.

PEQUENO-TIMONEIRO

Deng Xiaoping
epopeia tectônica
vive a China.

NOTÍCIA

Asfalto duro
cadáver atropelado
jogado na rua.

QUE FASE

Queima na pele
tanta ignorância
bolsonarista.

DEPENDÊNCIA

Império manda,
colônia obedece,
povo só perde.

UMA SOLUÇÃO

Os inimigos
da nação só aprendem
com revolução.

TODOS FUTUROS

Fúria às bestas,
somos todos futuros,
arma os punhos.

VITÓRIA

O inimigo
não venceu, nossa causa
vai prevalecer.

ERRO

Nosso próximo
erro pode ser fatal.
Atentemo-nos!

POR FIM

Um haikai final
pra sintetizar tudo:
desculpe, não deu.

Impresso em papel polen soft, tipologia Weidemann Std
12/14, no inverno de 2021.